바람의 사생활

바람의 사생활

이 병 률 시 집

창비

차 례

제1부

아직 얼마나 오래 그리고 언제

봉인된 지도

지구와 달의 거리가 지금보다 훨씬 가까워
달이 커 보였던 때
일년은 팔백일이었고 하루는 열한 시간이었을 때
덫을 놓아 잡은 짐승을 질질 끌고 가는 당신,
당신이 낸 길을 없애려 눈은 내려 덮이고
하늘 아래 모든 것이 얼어붙은 날이 있었다
다시 얼음 녹으면서 세상은 잠시 슬퍼지고
그 익명의 밤은 다시 강처럼 얼고
언 밤 저편 사람들이 걱정스러운 듯 강가에 모여 불을
피우자
밤 이편의 사람들도 강 건너를 걱정하느라 불을 피웠다
그 어두운 밤 서로를 생각하고 생각하느라
당신은 그만 손가락을 잘랐다

지구와 달의 자리가 가까워 달이 커 보였던 때
일년은 오백일이었고 하루는 열여섯 시간이었을 때
당신은 나를 데리러 왔다

신(神)과의 약속을 발설할 것 같지 않던 당신은
지금 그 시절은 아무도 살지 않는다고
백스물 아흔 여든두 살 쭈글쭈글한 얼굴로 돌아가자
말했다
허나 내가 지켜야 할 약속은
검고 고요한 저 소실점을 향해 가는 일

달과 지구의 자리가 멀어져 달이 작아 보일 때까지
일년은 삼백육십오일이고 하루는 스물네 시간일 때
까지

나비의 겨울

누군가 내 집에 다녀갔다
화초에 물이 흥건하고 밥 지은 냄새 생생하다
사흘 동안 동해 태백 갔다가
제천 들러 이틀 더 있다 왔는데
누군가 내 집에 다녀갔다

누군가 내 집에 있다 갔다
나는 허락한 적 없는데 누군가는 내 집에 들어와
허기를 채우고 화초를 안쓰러워하다 갔다

누군가는 내 집에 살다 갔는데
나는 집이 싫어 오래 한데로 떠돌았다
여기서 죽을까 살을까 여러번 기웃거렸다

누군가 다녀간 온기로 보아
어쩌면 둘이거나 셋이었을지도 모를 정겨운 흔적 역력
하고

문이 그대로 잠긴 걸 보면
한번 왔다가 한번 갈 줄도 아는 이 분명하다

누군가 내 집에 불을 놓았다
누군가 내 집에서 불을 끄고 아닌 척 그 자리에 다시 얼음을 놓았다
누군가 빈집에서 머리를 풀어 초를 켜고 문고리에 얼굴을 기댔다

무늬들

그리움을 밀면 한 장의 먼지 낀 내 유리창이 밀리고
그 밀린 유리창을 조금 더 밀면 닦이지 않던 물자국이
밀리고

갑자기 불어닥쳐 가슴 쓰리고 이마가 쓰라린 사랑을
밀면
무겁고 차가워 놀란 감정의 동그란 테두리가 기울어져
나무가 밀리고
길 아닌 어디쯤에선가 때 아닌 눈사태가 나고

몇십 갑자를 돌고 도느라 저 중심에서 마른 몸으로 온
우글우글한 미동이며
그 아름다움에 패한 얼굴, 당신의 얼굴들
그리하여 제 몸을 향해 깊숙이 꽂은 긴 칼들

밀리고 밀리는 것이 사랑이 아니라 이름이 아니라
그저 무늬처럼 얼룩처럼 덮였다 놓였다 풀어지는 손길

임을

  갸륵한 시간임을 여태 내 손끝으로 밀어보지 못한 시
간임을

저녁의 습격

백화점 정문에서 나를 만나기로 한 약속

일찍 도착한 나는 서 있기도 무엇해 백화점 안을 둘러보는데 미리 와 있는 나는 혼자 뭔가를 먹고 있습니다

저녁이나 먹자고 한 건데, 뭔가 잘못됐나도 싶지만 어엿한 정각이 되고 나는 모르는 척 백화점 앞에서 나를 만납니다

따뜻한 것이 먹고 싶다며 골목을 돌고 돌아 나를 데리고 찾아간 식당, 당신은 태연하게 백반을 먹기 시작합니다

연거푸 술잔을 비우며 우적우적 가슴 안으로 몰아넣고 있는 저 일은 무슨 일일까 생각합니다

그때 오래전부터 당신이 나를 미워했다는 사실이 자꾸 목에 걸립니다

혼자이다가 내 전생이다가 저 너머인 당신은

찬찬히 풀어놓을 법도 한 근황 대신 한 손으로 나를 막고 자꾸 밥을 떠넣고 있다는 생각입니다

아주 넓은 등이 있어

종이를 잘 다루는 사람이고 싶다가
나무를 잘 다루는 사람이고 싶다가
한때는 돌을 잘 다루는 이 되고도 싶었는데
이젠 다 집어치우고

아주 넓은 등 하나를 가져
달〔月〕도 착란도 내려놓고 기대봤으면

아주 넓고 얼얼한 등이 있어
가끔은 사원처럼 뒤돌아봐도 되겠다 싶은데

오래 울 양으로 강물 다 흘려보내고
손도 바람에 씻어 말리고

내 넓은 등짝에 얼굴을 묻고
한 삼백년 등이 다 닳도록 얼굴을 묻고

종이를 잊고
나무도 돌도 잊고
아주 넓은 등에 기대
한 시절 사람으로 태어나
한 사람에게 스민 전부를 잊을 수 있으면

잠시

한낮 어느 시간 바깥의 일이었으니 잊어주길 바라네
몇십년 만에 찾아온 보름 동안의 봄이었기에 그 햇살을
쓰고, 기워놓은 늑대 가죽을 깔고 이를 잡느라 사람들은
끼니조차 잊었다네 그 보름을 우리들은 얼음 미치는 날
들이라 부르기로 했다네

아무도 찾아오지 않았으므로 하여 아무도 보고 싶어
하지 않았으므로 마땅히 답답할 일 없고 가슴 열리는 일
이 뭔지 몰라 무심히 쪼그라들었던 심장들 날것들, 불씨
들 침묵이 침묵을 두드리는 순간과 간혹 침묵이 침묵의
옆구리로 숨어드는 순간만이 있을 뿐 그것이 우리가 겪
은 일의 전부였네

그후 얼음 미치는 날들 다시 보지 못하고 멸족한 우리
를 단지 더 추운 곳으로 옮겨갔다고만 적길 바라네 그날
이후로 산 것은 아무도 무엇도 지나간 적 없었다고만 일
러주길 바라네 잠시간 태양이 비쳐도 적막 위로 눈만 활

활 쌓이고 쌓일 뿐 얼음의 파편들 짐승의 이름들 찾지
않길 바라네 이것이 천년을 넘긴 일이므로 잊어주길 바
라네

고양이 감정의 쓸모

1

조금만 천천히 늙어가자 하였잖아요 그러기 위해 발걸음도 늦추자 하였어요 허나 모든 것은 뜻대로 되질 않아 등뼈에는 흰 꽃을 피워야 하고 지고 마는 그 흰 꽃을 지켜보아야 하는 무렵도 와요 다음번엔 태어나도 먼지를 좀 덜 일으키자 해요 모든 것을 넓히지 못한다 하더라도 말이에요

한번 스친 손끝
당신은 가지를 입에 물고 나는 새
햇빛의 경계를 허물더라도
나는 제자리에서만 당신 위를 가로질러 날아가는 하나의 무의미예요

나는 새를 보며 놓치지 않으려 몸 달아하고 새가 어디까지 가는지 그토록 마음이 쓰여요 새는 며칠째 무의미를 가로질러 도착한 곳에 가지를 날라놓고 가지는 보란

듯 쌓여 무의미의 마을을 이루어요 내 바깥의 주인이 돼 버린 당신이 다음 생에도 다시 새〔鳥〕로 태어난다는 언질을 받았거든 의미는 가까이 말아요 무의미를 밀봉한 주머니를 물어다 종소리를 만들어요 내가 듣지 못하게 아무 소리도 없는 종소리를

2

한 서점 직원이 한 시인을 사랑하였다

그에게 밥을 지어 곯은 배를 채워주고 그의 옆자리를 지키는 것만으로 살아지겠다 싶었다

바닷가 마을 그의 집을 찾아가 잠긴 문을 꿈처럼 가만히 두드리기도 하였다

한번도 본 적 없는 이를 문장으로 문장으로 스치다가도 눈물이 나 그가 아니면 안되겠다 하였다

사랑하였다

무의미였다

아무것도 그 무엇으로도

눈은 내가 사람들에게 함부로 했던 시절 위로 내리는
지 모른다

어느 겨울밤처럼 눈도 막막했는지 모른다

어디엔가 눈을 받아두기 위해 바닥을 까부수거나 내
몸 끝 어딘가를 오므려야 하는지도 모르고

피를 돌게 하는 것은 오로지 흰 풍경뿐이어서 그토록
창가에 매달렸는지도 모른다

애써 뒷모습을 보이느라 사랑이 희기만 한 눈들, 참을
수 없이 막막한 것들이 잔인해지는지도 모른다.

자신의 비명으로 세상을 저리 밀어버리는 것도 모르는
저 눈발

손가락을 끊어서 끊어서 으스러뜨려서 내가 알거나 본
모든 배후를 비비고 또 비벼서 아무것도 아니며 그 무엇
이 되겠다는 듯 쌓이는 저 눈 풍경 고백 같다, 고백 같다

점심(點心)

새〔鳥〕시장 지나 나무시장에 가다
한 소년이 무덤 하나 크기로 낙엽을 쌓아놓고 손님을
기다리다
나무를 사며 거름을 떠올린 사람들 그 앞을 서성이다

낙엽 더미 옆에 앉아 넋을 놓고 있는 소년은
그곳에서 자신이 태어났다고 믿는 것 같다

아니다, 나는 아무것도 아니다,라고 소리쳤던 밤
낙엽은 후두둑 떨어져 무엇보다도 무엇보다도 쌓였을
것인데
그 밤 내 목을 치고 지나간 그것들은 소년의 주변으로
내달렸을까

소년은 손바닥을 들여다보고 있다, 그 손이 낙엽 같다
몸이 말을 들어먹지 않아
소년의 건너편에서 오래 소년을 바라보는 나는 무덤
같다

무릎 위에 밥통을 올려놓고 푹푹 떠먹기 시작하는 소년
한입 가득 문 밥을 넘기기도 전에 또 흰밥을 떠서 삼키
는 소년

세상은 사람들이 먹는 찌개냄새로 수북한데
소년은 자꾸 찬밥을 넘기고
나는 애써 먼 곳을 보느라 얹힌 것도 모른다
애써 먼 곳으로 마음을 미느라 입이 돌아간 것도,
행여 흐려질세라 그 풍경을 받치고 있던 팔이 저려오
는 줄도 모른다

새시장 지나 나무시장에 가다
무덤 하나 크기로 낙엽을 부려놓은 소년, 자신을 데려
가주길 기다리다
나무 한 그루 흥정하지 못하고 돌아서는 길
몸을 돌렸으나 몸을 빼내지 못하다

아직 얼마나 오래 그리고 언제

며칠째 새가 와서 한참을 울다 간다 허구한 날 우는 새
들의 소리가 아니다 해가 저물고 있어서도 아니다 한참
을 아프게 쏟아놓는 울음 멎게 술 한잔 부어줄걸 그랬나,
발이 젖어 멀리 날지도 못하는 새야

지난날을 지껄이지 않겠다는 생각으로 술을 담근다 두
달 세 달 앞으로 앞으로만 밀며 살자고 어두운 밤 병 하
나 말갛게 씻는다 잘난 열매들을 담고 나를 가득 부어,
허름한 탁자 닦고 함께 마실 사람과 풍경에 대해서만 생
각한다 저 가득 차 무거워진 달을 두어 곱 지나 붉게 붉
게 생을 물들일 사람

새야 새야 얼른 와서 이 몸과 저 몸이 섞이며 몸을 마려
워하는 병 속의 형편을 좀 들여다보아라

뒤돌아보기보다는

그 마을, 한 가지에 대해서만 기억하지 못하는 사람들
이 산다

그 마을의 사람들은,
누군가 그 한 가지에 대해 이야기를 꺼내면 누구나 처
음 듣는 이야기처럼 이마를 모은다

한 가지, 단 한 가지만, 억장이 무너지도록 그 한 가지
에 대해서만

거대한 사실에 서리가 내려 덮였는데도 사실을 더 오
래 지켜달라는 애원이 그러할까

누구나 한번 들어가면 나오지 못하는 사막이 그러할까

어쩌면 그것은 영원히 잘된 일
자꾸 뒤돌아보기보다는

겹

나에겐 쉰이 넘은 형이 하나 있다
그가 사촌인지 육촌인지 혹은 그 이상인지 모른다

태백 어디쯤에서, 봉화 어디쯤에서 돌아갈 차비가 없
다며
돈을 부치라고 하면 나에게 돌아오지도 않을 형에게
삼만원도 부치고 오만원도 부친다

돌아와서도 나에게 전화 한통 하지 않는 형에게
또 아주 먼 곳에서 돈이 떨어졌다며
자신을 데리러 와달라는 말을 듣고 싶은 것이다, 나는

나는 그가 관계인지 높이인지 혹은 그 이상인지 잘 모
른다

단지 그가 더 멀리 먼 곳으로 갔으면 하고 바랄 뿐
그래서 오만원을 부치라 하면 부치고

십만원을 부치라 하면 부치며
그의 갈라진 말소리에 대답하고 싶은 것이다

그가 어느 먼 바닷가에서 행려병자 되어 있다고
누군가 연락해왔을 땐 그의 낡은 지갑 속에
내 전화번호 적힌 오래된 종이가 있더라는 것
종이 뒤에는 내게서 받은 돈과 날짜 들이
깨알같이 적혀 있더라는 것

어수룩하게 그를 데리러 가는 나는 도착하지도 않아
그에게 종아리이거나 두툼한 옷이거나
그도 아니면 겹이라도 됐으면 하는 바람이 간절할 뿐
어디 더 더 먼 곳에서 자신을 데리러 와달라고 했으면
하고
자꾸 바라고 또 바랄 뿐

저녁 풍경 너머 풍경

일 마치고 돌아오는 길가 황혼에 눈길을 주다보면 저
멀리 풍경이 강가에 다리 놓는 모습 보입니다

강 저편에서 강 이편으로, 강 이편에서 강 저편으로 서
로 각자의 기둥을 놓고 손을 내뻗는 모습에 무작정 속이
아리다가도 그 속도가 아름답기도 하고 장해 보이기도
하여 창자가 다 휘둘립니다

며칠에 한번쯤 통장을 들여다보고 있으면 신(神)은 자
꾸 자리를 만들고 허문다는 생각입니다

많은 당신들도 지워졌으므로 누가 시키지 않아도 당신
은 당신들의 장엄한 일들을 해야 합니다

당신도 목숨 걸고 자본주의의 풍경이 되는 일을 합니까

한 풍경이 등짐을 지고 일 갔다 돌아옵니다

자꾸 먼 데를 보는 습관이 낸 길 위로 사무치게 사무치
게 저녁은 옵니다

다녀왔습니다

탄식에게

네가, 내 간을 뜯어가듯 조금이었음 한다

이빨의 기운을 믿어 나를 물어도 내 속은 후려치지 않
았음 한다

삼라만상이 내 말을 믿었음 한다

잘못했으니 다 내 잘못이었으니, 산 늪에 몸을 들여 서
러워지고 늪이 다 마르고 몸 갈라져도, 구더기 복받쳐나
오는 내 심장을 벌려 얼굴을 묻은 채로 안 볼 터이니

한장의 이파리처럼 뒤집히는 이 소요, 아주 가끔이었
음 한다

제2부

거인고래

사랑의 역사

왼편으로 구부러진 길, 그 막다른 벽에 긁힌 자국 여럿
입니다

깊다 못해 수차례 스치고 부딪친 한두 자리는 아예 음
합니다

맥없이 부딪쳤다 속상한 마음이나 챙겨 돌아가는 괜한
일들의 징표입니다

나는 그 벽 뒤에 살았습니다

잠시라 믿고도 살고 오래라 믿고도 살았습니다

굳을 만하면 받치고 굳을 만하면 받치는 등뒤의 일이
내 소관이 아니란 걸 비로소 알게 됐을 때

마음의 뼈는 금이 가고 천장마저 헐었는데 문득 처음

처럼 심장은 뛰고 내 목덜미에선 난데없이 여름 냄새가
풍겼습니다

외면

받을 돈이 있다는 친구를 따라 기차를 탔다 눈이 내려
철길은 지워지고 없었다

친구가 순댓국집으로 들어간 사이 나는 밖에서 눈을
맞았다 무슨 돈이기에 문산까지 받으러 와야 했냐고 묻
는 것도 잊었다

친구는 돈이 없다는 사람에게 큰소리를 치는 것 같았다
소주나 한잔하고 가자며 친구는 안으로 들어오라 했다

몸이 불편한 사내와 몸이 더 불편한 아내가 차려준 밥
상을 받으며 불쑥 친구는 그들에게 행복하냐고 물었다
그들은 행복하다고 대답하는 것 같았고 친구는 그러니
다행이라고 말하는 것 같았다

믿을 수 없다는 듯 언 반찬그릇이 스르르 미끄러졌다

흘끔흘끔 부부를 훔쳐볼수록 한기가 몰려와 나는 몸을 돌려 눈 내리는 삼거리 쪽을 바라보았다 눈을 맞은 사람들은 까칠해 보였으며 헐어 보였다

받지 않겠다는 돈을 한사코 식탁 위에 올려놓고 친구와 그 집을 나섰다 눈 내리는 한적한 길에 서서 나란히 오줌을 누며 애써 먼 곳을 보려 했지만 먼 곳은 보이지 않았다

요란한 눈발 속에서 홍시만한 붉은 무게가 그의 가슴에도 맺혔는지 묻고 싶었다

묵인의 방향

십년도 더 전에 나 살던 집 오르막길 숲 앞에 작은 언덕
하나

한데 그곳에 올라 숲을 내려다보지 않았다는 사실이
들으라는 남의 말을 듣지 않은 것만 같아 무작정 무거워
져 소란하다

동네의 눈부신 평화로움과 그 주변 곳곳에서 내가 안
심을 배웠다는 사실을 떠올리자니 미안해지다 마음 자꾸
깜박거리다

글자 없는 책은 맘에 들고, 모순 없는 책은 경쾌해도 그
사이 머리는 좁아지고 심장이 졸아드는 것은 이만큼이라
도 나를 끌고 왔기 때문은 아닌가 하다

내리막길이 좋아지는 것도 다 어깨는 내려앉고 발치의
밑동은 쓸리고 마는 생의 기울기 때문은 아닌가 하다

나를 죽이고 싶다던 한 사람 마음을 거절한 적 있는데
지금쯤 그 사람은 잘살까 마음이 쓰이다

한 사람의 나무 그림자

눈 그친 깊은 밤 산사에서였다
새는 울고 마음은 더욱 허전하여 창호 바깥의 달빛을
가늠해보다 인기척에 눈을 비볐다
옆방에 묵던 수행자가 내 방 앞에 서서 달빛을 가로막
고 있었다
저물 무렵 마주친 앙상한 눈빛이 떠올랐다

그림자는 먼 곳을 향해 서서 부르르 몸을 떨더니 하나
둘 옷을 벗어 허공으로 던지는 듯하였다
그림자는 푸르륵푸르륵 소리를 내며 나무에 올라앉아
신산스럽게 흔들리는 듯하였다
잠시 정적이 더 깊어진 듯도 달빛이 진해진 듯도 하였다
문 열고 마루에 서서 사방을 더듬다 어디론가 이어진
발자국을 보았으나
아무에게도 말하지 않았다
내가 그 빈방으로 들어가 잠시 누워봤다는 것을

아마도 불을 봤으리라

한번 등을 보이면 다시는 돌이키지 못할 만경창파의
연(緣)이 있음도 알았으리라

아마도 그 일로 짜게 울다 갔으리라

거인고래

거인고래는 크지 않습니다
왼 눈은 감정 있는 것을 보고
오른 눈은 죽어 있는 것을 보기 좋아합니다
상처가 생기면 상처 된 자리를 스스로 떼어내 번지지
않게 하며
백오십년을 살 뿐 오래 살지 않습니다
그 일생의 한번 나의 천막에 들른다 하였습니다

밤은 어둡고 꽃들은 서로를 모른 체하는 사이
나는 그의 눈을 받아먹고 고양이 되고 얼음이 되고 눈
발이 되려
질척이며 그가 오는 소리를 향하여 몸 돌리려 하였습
니다
한데 거인고래는 살아오지 않는 존재라 하였습니다
기다리는 일은 구실이며 병이라 하였습니다

그러니 설레는 일 없도록 다 내려놓아야겠는데

팔뚝에 불을 질러 연기를 피우는 천막 밖의 저 큰 나무
큰 나무 아래 몸에서 몸 위로 까무러치는 수천의 달〔月〕

혹 내가 터를 옮길 때마다 서 있던 저 나무 한 그루가
거인고래는 아니었는지요
그것으로 다녀간 것으로 치자는 셈은 아닌지요
거인고래가 다녀가고 나와 내 생각의 풍경들은 마지막
을 바라보는 일이 많아졌습니다

달에게 보내는 별들의 종소리

마셔요
그는 마시지 않습니다
어서 마셔요
그는 마십니다
그러고는 옆으로 쓰러집니다
그가 아프기 시작합니다
새벽 세시의 술집
그 어떤 물살도 와서 부딪치지 못하는 시간
그가 슬퍼 보여 나는 술이 문제만은 아닐 텐데
단 한잔만으로 물약을 마신 듯 쓰러져 누운 그는
덤불 속의 새집 같았습니다
그럴 수 없는 일들이 그렇게 되고 마는 바닷가에서였
습니다

그는 인생의 단 한번 큰 실수를 한 적이 있는데
바로 오늘밤이었다고
알지도 못하는 나에게 말 걸어왔습니다

46

밤 열두시를 알리는 종을 쳤다가
멈춰 있던 시계가 열한시를 가리킨 걸 보고 놀라
다시 열한 번의 종을 쳤으나

열두 번이 맞았노라고
그길로 성당을 나와 무작정 걸었다고 했습니다
나는 종소리가 여기까지 다 들렸노라고 말하지 않았습
니다

쓰러진 그를 두고 나오는 길
기다렸던 것처럼 유난히 추운 밤이 오고 있었습니다
누구도 그 벼랑을 피하진 못했을 것입니다

견인

올 수 없다 한다
　태백산맥 고갯길, 눈발이 거칠어 도저히 불가능하다는
답신만 되돌아온다
　분분한 어둠속, 저리도 눈은 내리고 차는 마비돼 꼼짝
도 않는데 재차 견인해줄 수 없다 한다

　산 것들을 모조리 끌어다 죽일 것처럼 쏟아붓는 눈과
　눈발보다 더 무섭게 내려앉는 저 불길한 예감들을 끌
어다 덮으며
　당신도 두려운 건 아닌지 옆얼굴 바라볼 수 없다

　눈보라를 헤치고 새벽이 되어서야 만항재에 도착한 늙
수그레한 견인차 기사
　안 그래도 이 자리가 아닌가 싶었다고 한다
　기억으로는 삼십년 전 바로 이 자리,
　이 고개에 큰길 내면서 수북한 눈더미를 허물어보니
　차 안에 남자 여자 끌어안고 죽어 있었다 한다

세상 맨 마지막 고갯길, 폭설처럼 먹먹하던 사랑도 견
인되었을 것이다

　진종일 잦은 기침을 하던 옆자리의 당신
　그쪽으로 내 마음을 다 쏟아버리고
　나도 당신 품을 따뜻해하며 나란히 식어갈 수 있는지

절벽 갈래 바다 갈래

절벽 갈래 바다 갈래
옆 테이블에서 술을 마시던 한무리의 사람들 속에서
들리는 말
나는 속으로 대답한다
둘 다 갈래

알고 보니 절벽이라는 이름의 술집이란다
술집 이름이 바다란다
어둠을 대상으로 술을 마셔야 할 사람들은
절벽이란 말이 바다라는 말이 신(神)의 이름 같다

절벽 혹은 바다는 사실 어디에 있는지도 모르고
어디에나 있어도 무방하다
절벽 가자 하는 것은 절벽 끝에 서서 일렁이자는 것이
아니고
바다 가자 하는 것은 바다에 몸 담그러 가자는 말이 아
닐진대

한밤에 그 말을 들으며 몸을 세우고 마는 당신 혹은 나
늦은 시간 묵묵히 그곳을 향하여 패를 던지자는 것이다

당김이라 해도 좋을 것이다
절벽 혹은 바다로 가서 저 허공으로 던져진 당신 혹은
나를
발버둥치는 몸짓을 낚아채면 되는 것이다
그러면 저 먼 곳 어둠속 허공 어딘가로부터
여린 기타소리 같은 가닥이 잡혀와서
그 멀리에 딱딱한 잡을 것이 있으리라는 가정을 배우
게 하는 것이다
절벽 혹은 바다란 말은 그리하여 한밤중에 독으로 피
거나
혹은 꽃으로 피어나 물들이는 것이다
흘러가는 것이다

파도

축구를 응원하러 대인파가 모인 시청 앞 광장
보기에도 충분히 허름한 부부가
군중의 언저리를 맴돌고 있었다
아내로 보이는 여자는 실명한 듯 한쪽 눈이 패었고
아내의 꿰맨 가방을 메고는 앞서 느리게 걷는 남자는
야윈 몸이 작아도 너무 작아 바스라질 것 같았다
두 사람은 바깥을 서성이다 못해 밀리고 있었다

그들에게서 눈을 떼기 싫었던 건
나란히 붉은 티셔츠를 입고 있어서였다
그때 사내가 몸을 돌려 아내에게 뭐라 귀엣말을 하는
것 같았다
그때 중심에서 출렁 함성이 터지는 바람에 아내는 알
아듣지 못하는 것 같았다

나는 가만히 들었다

섬에 가자고 했다 잘못 들었다 집에 가자고 했다

생활이 말이 아니어서 미안하다 아니 생활을 넘지 못해 미안하다

앉자고 했다 잘못 들었다 웃자고 했다

바다를 건너자 했다 다리를 건너자고 들었다

그래도 살자고 했다 아니 삼키자고 했던가

고래처럼 모인 마음들이 파도처럼 잘못 왔다가 되돌아가는

개 같은 밤

독 만드는 공장의 공원들은

내 좌심방과 우심실 사이, 독(毒) 만드는 공장의 공원들
모두에게는
음독을 하지 않겠다는 각서를 받았고
자신이 하는 일을 발설하지 않겠다는 약조도 받았다

독이 어디로 팔려나가는지
수출되는지 내수용인지 공원들은 알지 못한다
아주 늦은 밤 검은 개가 짖고 큰 차가 오고
셔터소리 두 번 들리면 독이 든 상자는 밤이 조금만 더
잠잠해지길 기다린다

공장에는 실험용 흰쥐 수백 마리가 살기도 한다
실험으로 죽은 쥐들의 혀에서 주사기로 감정을 빼내
만들어진 독은 개별 포장되기도 한다
공원들의 하루 목표량은 독 30밀리그램으로
하루 아홉 시간 동안 어둔 창살 안에서 만들어지는 양
이라 한다

이 공장에서 만들어지는 독은 독으로서가 아니라
식용으로도 쓰인다는 사실을 공원들도 대표도 모른다
하지만 눈이 사시인 생산직 소년의 귀띔에 따르면
아주 미량의 독은 슬퍼지는 데 쓰이기도 한다고 한다

피의 일

자리를 보고
터를 다져 집을 짓고
마당에 심은 나무가 꽃을 틔워 천지에 떨어뜨리고
세월이 집을 데리고 가서
아무 일도 없다는 듯 벌판이 되는 일

피의 일

먼 길을 떠나 몸 누일 곳을 찾아
두리번거려 찾은 못에 땀 젖은 옷 벗어 걸고
이곳은 어디쯤일까 하는 현기증으로
이건 누구의 냄새일까 하는 궁리로 잠을 못 이루고
잠시 세월을 데리고 갔다가
애써 아무 일도 없었다는 듯 떠난 곳으로 돌아오는 일

피의 일

당신을 중심으로 돌았던

그 사랑의 경로들이

백년을 죽을 것처럼 살고 다시 백년을 쉬었다가

문득 부닥친 한 목숨에게

뼈가 아프도록 검고 차가운 피를 채워넣는 일

여전히 남아 있는 야생의 습관

서너 달에 한번쯤 잠시 거처를 옮겼다가 되돌아오는 습관을 버거워하면 안된다

서너 달에 한번쯤, 한 세 시간쯤 시간을 내어 버스를 타고 시흥이나 의정부 같은 곳으로 짬뽕 한 그릇 먹으러 가는 시간을 미루면 안된다

죽을 것 같은 세 시간쯤을 잘라낸 시간의 뭉치에다 자신의 끝을 찢어 묶어두려면 한 대접의 붉은 물을 흘려야 하는 운명을 모른 체하면 안된다

자신이 먹는 것이 짬뽕이 아니라 몰입이라는 사실도, 짬뽕 한 그릇으로 배를 부르게 하려는 게 아니라 자신을 타이르는 중이라는 사실까지도

황금포도 여인숙

1

혼자 죽을 수는 없어도 같이 죽을 수는 있겠노라고
낯선 눈빛이 낯선 다른 눈빛에게 말을 건다
처음 본 남자 여자가 느릿느릿 서로의 눈빛을 따르는
해질녘 과일시장
먹겠다며 산 반 상자의 포도를 물린 여자는
역에서 기차표 두 장을 끊어 눈빛만으로 사내의 의지
를 두어 번 더 확인한다

어딘가로 향하는 기차 창밖으로 비둘기 수십 마리가
따른다
난 다시 태어날 거예요
아니, 난 다시 태어나지 않으렵니다
더 이상 말도 눈빛도 교환해서는 안되는 두 사람은
오로지 죽자고 한 손을 묶고 있을 뿐
뒤를 당부할 일 없으므로 이름도 모른다

기차 선반 위에 가지런히 두고 내린 두 사람 가방 위로
수십 마리 감정이 내려앉아 가방 속을 어지를지라도
그 먼 길 혼자가 아니라면
그 얼마나 마땅히 다시 돌아올 길인가

2

여자가 그리되어 화장하던 날, 마음가짐 몸가짐을 못
하겠는지
여자가 머리카락인지 나뭇잎인지를 뚝뚝 잘라
바람을 태워 화장터 사방으로 내버리던 날

낯선 사람이 당신 가족에게 다가가 이렇게 말했지
젊디젊은 분한테 어쩌다 이런 변이
우리 아들도 밤길 운전하다 사고로 그만
아직 결혼도 못했는데 둘이 같이 잘살으라고
영혼이라도 식을 올려주자고

가마 속으로 두 시신이 밀려들어간다
살아서는 알지도 만나지도 못한 영혼이
여인숙으로 들어가 나란히 꽃으로 타고 금으로 타니
베고 누울 것 없어도 되겠다
당신과 당신의 당신을 감싼 흰 보자기를 묶거나 풀 즈음
생은 몇방울 포도물로 번져도 되겠다

이야기를 할 수 있을까요

빈집으로 들어갈 구실은 없고 바람은 차가워 여관에
갔다
마음이 자욱하여 셔츠를 빨아 널었더니
똑똑 떨어지는 물소리가 눈물 같은 밤
그 늦은 시각 여관방으로 전화가 걸려왔다
옆방에 머물고 있는 사내라고 했다

정말 미안하지만 이야기 좀 할 수 있을까요
왜 그러느냐 물었다
말이 하고 싶어서요 뭘 기다리느라 혼자 열흘 남짓 여
관방에서 지내고 있는데 쓸쓸하고 적적하다고

뭐가 뭔지 몰라서도 아니고 두려워서도 아닌데 사내의
방에 가지 않았다
간다 하고 가지 않았다

뭔가를 기다리기는 마찬가지,

그가 뭘 기다리는지 들어버려서 내가 무얼 기다리는지
말해버리면

바깥에서 뒹굴고 있을 나뭇잎들조차 구실이 없어질지
도 모른다

셔츠 끝단을 타고 떨어지는 물소리를 다 듣고 겨우 누
웠는데 문 두드리는 소리

온다 하고 오지 않는 것들이 보낸 환청이라 생각하였
지만

끌어다 덮는 이불 속이 춥고 복잡하였다

바람의 사생활

가을은 차고 물도 차다
둥글고 가혹한 방 여기저기를 떠돌던 내 그림자가
어기적어기적 나뭇잎을 뜯어먹고 한숨을 내쉬었던
순간

그 순간 사내라는 말도 생겼을까
저 먼 옛날 오래전 오늘

사내라는 말이 솟구친 자리에 서럽고 끝이 무딘
고드름은 매달렸을까

슬픔으로 빚은 품이며 바람 같다 활 같다
그러지 않고는 이리 숨이 찰 수 있나
먼 기차소리라고 하기도 그렇고
비의 냄새라고 하기엔 더 그렇고
계집이란 말은 안팎이 잡히는데
그 무엇이 대신해줄 것 같지 않은

사내라는 말은 서럽고도 차가워
도망가려 버둥거리는 정처를 붙드는 순간
내 손에 뜨거운 피가 밸 것 같다

처음엔 햇빛이 생겼으나 눈빛이 생겼을 것이고
가슴이 생겼으나 심정이 생겨났을 것이다
한 사내가 두 사내가 되고
열 사내를 스물, 백, 천의 사내로 번지게 하고 불살랐던
바람의 습관들

되돌아보면 그 바람을 받아먹고
내 나무에 가지에 피를 돌게 하여
무심히 당신 앞을 수천년을 흘렀던 것이다
그 바람이 아직 아직 찬란히 끝나지 않은 것이다

시취(屍臭)

이 냄새, 분명 이 냄새는
면(綿)에 슬픔을 엎지른 듯 자세를 낮추는 이 냄새는
내 것임에도 한번 물었다 놓지 못하는 냄새의 질감은

나를 훑고 있는 이 냄새는
이것이 아니면 도무지 살 일도 없을 것 같은 냄새는

계피, 산초, 더덕, 뽕잎을 버무려 쩌놓은 듯
건조하고 따뜻하기조차 한 것으로 뭉쳐
생에 한번 찾아온다는 이 소요는

한번 체하면 더이상 홀리는 일 없을 거라는 이 냄새의
사지(四肢)는
정녕 내 한 몸을 뜯어먹고 다 이해했다는 듯
저리 다 끝낸 땅에 뭔가를 심어댄단 말이냐

눈 봐라, 눈

제3부
꽃들의 계곡

뒷모습

왜 추운 데 서서 돌아가지 않는가
돌아갈 수 없어서가 아니라
끝에서 사람으로 사람에서 쌀로 쌀에서 고요로 사랑으
로 돌아가려는 것이다

돌아오는 길은 어둡고 구덩이가 많아
그 차가운 존재들을 뛰어넘고 넘어서만 돌아가려 하는
것인가
추워지려는 것이다

지난봄 자고 일어난 자리에 가득 진 목련꽃잎들을 생
각한 생각들이
눈길에 찍힌 작은 목숨들의 발자국이
발자국에서 빗방울로 빗방울에서 우주의 침묵으로
한통속으로 엉겨들어, 조그맣게 얼룩이라도 되어
이 천지간의 물결들을 최선들을 비벼대서
숨결이라도 일으키고 싶은 것이다

아, 돌아온다는 당신과 떠난 당신은 같은 온도인가
그사이 온통 가득한 허공을 밟고 뒤편의 뒷맛을 밟더
라도
하나를 두고 하나를 되돌릴 수 없는 것이다

한곳을 가리키며 떨리는 나침반처럼
눈부시게 눈부시게 떨리는 뒷모습에게
그러니 벌거벗고 서 있는 뒷모습에게
왜 그리 한없이 서 있냐고 물을 수는 없는 것이다

물의 말

새벽 네시나 됐을까
이마 한가운데로 한 방울 물이 떨어져 잠에서 깬다
며칠째 계속되는 비 탓에
기와도 빗물을 다 막아내지는 못하겠나보다
자리를 옮기고 냄비를 가져다놓으니
똑 똑

잠들 만하면 떨어지고
잠들 만하면 떨어지는 빗소리가
앓는 소리를 낸다
소리를 줄이려 마른 수건을 가져다 담그자
냄비 가득 증명할 수 없는 냄새가 나고
거꾸로 누워 천장에 눈을 맞추니
꼭 내 얼굴을 닮은 얼룩이 나를 내려다보고 있다

한숨 자고 일어나도 여전히 시린 이마
안 풀리는 일들이 꿈으로 닥쳐온다 했는가

돌아다보고 돌아다보느라 늦게 일어나
늦은 약속에 나갔다 돌아와도
여전히 시린 이마
내가 나에게 뭐라 말을 거느라
이마 위로 떨어뜨린 그 서느런 최초의 한 방울

동유럽 종단열차

왜 혼자냐고 합니다
노부부가 호밀빵 반절을 건네며
내게 혼자여서 쓸쓸하겠다 합니다
씩씩하게 빵을 베어물며
쓸쓸함이 차창 밖 벌판에 쌓인 눈만큼이야 되겠냐 싶
어집니다
국경을 앞둔 루마니아 어느 작은 마을
노부부는 내리고 나는 잠이 듭니다

눈을 뜨니 바깥에는 눈보라 치는 벌판이
맞은편에는 동양 사내가 앉아 나를 보고 있습니다
긴긴 밤 말도 않던 사내가 아침이 되어서야
자신은 베트남 사람인데 나더러 일본 사람이냐고 묻습
니다
나는 고개를 저을 뿐 그에게 왜 혼자냐고 묻지 않습니다
대신 어디를 가느냐 물으려다 가늠할 방향이 아닌 듯
해 소란을 덮어둡니다

큰 햇살이 마중나와 있는 역으로
사내는 사라지고 나는 잠이 듭니다

매서운 바람에 차창은 얼고 풍경은 닫히고
달려도 달려도 시간의 몸은 극치를 향해 있습니다
바르샤바로 가려면 이 칸에 있고
프라하로 가려면 앞칸으로 가라고 차장은 말하는 것
같습니다
어디로든 가지 않아도 됩니다
어디든 지나가도 됩니다
혼자인 것에 기대어 가고 있기에

아무것도 아닌 편지

어느 먼 지방 우체국 사서함번호가 적힌 편지가 배달
되었네
면회를 와달라는 어느 감옥에서 보낸 편지
봉투엔 받는 이의 이름만 다를 뿐 버젓이 내 집주소가
적혀 있었네

오래 책상 위에 올려둔 알지 못하는 이의 편지
화분이 편지봉투 위로 마른 꽃잎들을 한움큼 쏟아놓은
어느날
새 봉투에 또박또박 그의 주소를 적고 편지를 밀어넣
고 풀칠을 하였네
이 편지를 되받는 이는 누구인가
사랑이 참 많은 사람이어서
들판이나 강가에서도 물살처럼
또 어느 먼 곳에서도 터벅터벅 그리워할 줄 아는 사람
일런가

며칠 뒤 편지는 나에게로 되돌아왔네
그가 출감한 것으로 치자며
마음에서 꺼낸 못으로 집 한채라도 지어올리기를 바라
자며 내 감옥의 자물쇠들을 흔들어보네

과도한 세상이 다시 그를 결박하지 않기를
그가 더이상 모두를 미워하지 않기를

소년들

한 여자아이, 그 소녀를 둘러싼 우리들 셋은 교복 단추
에 새겨진 봉황 문양의 금빛 눈을 가진 길짐승이었다 세
소년은 학교가 끝나면 차례대로 거짓말을 하고 소녀를
만나러 갔고 소녀는 학교에 가지 않은 채 변덕스런 당번
처럼 각각 소년들을 만났다

며칠째 봄비 내리다 멈춘 날이었을까 그 비 멎은 끝으
로 한 소년의 이마에서 선지 같은 피가 터지고 흙탕물로
범벅이 된 다른 아이는 바닥에 쓰러진 채 하늘 아래 내맡
겨져 있었다 그때 세 소년의 머리 위로 지나간 것은 새,
구름, 비행기가 아니었다 타다 만 성냥개비들이 거칠게
하늘에서 쏟아져 세 소년의 얼굴과 어깨를 엉망으로 만
들었고

나는 숨이 멎을 듯한 곤란으로 동굴 속으로 숨어들어
더운물에 몸을 담갔다 물에서 빗물 냄새가 나는 바람에
나는 조금 울었다 집에서 훔친 돈을 소녀에게 건넸기에

76

나는 조금 울었다 찬란한 꽃소식이라도 도착했으면 하는 기다림 끝에 소녀가 고양이를 뺐다는 소문만으로 비도 멎었다 우리는 결국 다시 올 수 없는 극지를 향해 쓸려 떠났고

다시 돌아오지 않겠다던 세계로 흘러들어와 모르는 척 사천칠백만 언저리에 소수점으로 살고 있을 뿐 대성, 경석, 미연, 나 이렇게 넷이 지붕 위에 올라 기타를 치면서 노래를 불렀던 어느 하루 안과 밖의 손발을 묶어 하늘 아래 매달아 펄럭이게 했던 초봄의 긴 하루

꽃들의 계곡

폐렴을 겨우 이기고 떠난 어느 멀고 먼 길
호숫가 오두막집에 신세를 지기로 한 하룻밤
그 밤을 웅크려 다시 앓습니다
한번 호되게 앓는 동안
내 몸의 주인이 바뀐 것을 알았습니다

한번 물러진 몸은 또 지치기 쉬워
종일 옆에 같이 누워 있는 것이
바깥 소리인지 희미한 점들인지를 묻고도 싶었는데

나귀 몰고 장에 간 안주인 대신
바깥주인이 끓이는 닭고기스프 냄새에
금방이라도 자릴 털고 일어나
호숫가에 나가 얼굴을 씻고도 싶은데
명백해져야 하겠는데

해질 무렵 문 열리는 소리 들리고

오두막집 아이가 한아름 꺾어다 내미는 풀꽃 다발에
섬뜩하리만치 뜨겁게 괜찮아지는
내 몸은 누구의 것인지
누구의 누구인지

저 바깥은 황혼이 울어대는 소리
짐승들이 길을 지우고 발 씻는 소리

내 몸의 주인인 저녁이 오고 있습니다

관계의 사전

1

李梨

李理

나 다른 이름을 가지고 싶어 사전 들고 당신 품으로 들어간 적 있다

　같은 자리에서도 마냥 나와 다른 이불을 쓰겠다는 당신이었지만

　한이불 속으로 들어가 부스럭거리는 날 모른 척해주는 새벽

　李離, 李離는 어떠냐고 다시 내가 물었을 때

　당최 뭔 이름이 그러냐고 이리 굴에 가둘 참이냐는

　당신 농에 마음이 슬다 등짝에 화농이 일어 당한 마음까지 들었다

　나는 그렇게나 당신의 상태, 모양, 성질이기도 한 이리

80

李離, 다시 그 이름 속에 얼마나 큰 슬픔이 있겠냐며
손끝에 침을 묻혀 이불 실밥이나 떼내고 있자니
푸른빛이 마당을 당신 배 위를 오르고 있다
나는 李離라고, 앞으로 그러하다고 당신 배 위에 이름
을 새겨 쓰려니
어디선가 들짐승 내가 나는 것 같다며 이불 밖으로 나
가라 한다
게걸스럽게 당신을 다 발라먹어도
난 당신을 온전히 살려낼 수 있을 듯한데
한사코 나를 이불 밖으로 밀며 콧김조차 주지 않는

이리
이리
어쨌든 나는 당신의 이리

2

　나 다른 이름을 가지고 싶어 사전을 들고
당신 품으로 들어간 적 있다 하였습니다
　글자 한 자를 찾는데 한자사전 속에는 찾아도 찾아지
지 않는 당신이 있습니다

　병질 엄(疒) 부수, 8획 멍들 어 瘀

　당신이 사방에 퍼뜨린 병질들, 난처합니다
　여섯 장을 차지하는 예순한 글자,

　홍역 마 痲, 임질 림 痳, 부스럼 창 瘡, 염병 려 癘… 학
질 학 瘧, 파리할 륭 癃, 여윌 수 瘦, 곽란 곽 癨… 버짐 선
癬, 미칠 전 癲, 간질 간 癎, 황달 달 疸, 아플 동 疼, 등창
저 疽… 머리 헐 비 疕, 경련할 경 痙… 속 결릴 비 痞, 고
질 고 痼, 마마 두 痘, 상처 이 痍, 오랜 병 구 疚

언제 그들에게 몸을 내주었습니까

한 글자 한 글자 소리내어 읽으니

멍들고 파리해지고 경련이 일고 머리가 헐고

그러고 보니 당신은 병질 엄(疒)

아무리 태를 바꾸어도 나는 그 변 밑에 오는 그 무엇의

한 글자

그럼에도 당신으로 하여 내가 치유될 수 있단 말입니까

통

이 좁은 마당으로는 다 받아낼 수 없는 봄이 내려앉고 있건만 대문 옆에 놓인 커다란 페인트 통은 가득 물을 담고 있다 일부러 모른 척했던 통이다

한겨울 아침이면 얼어 있다가 어떤 날은 멀거니 녹았다가 또 어떤 날은 다시 얼어버리고 만 통 안의 물이다 지난가을 칠을 했으나 무엇이 불만인지 벗겨지고 일어나는 페인트가 담겼던 통이다

물은 증발되어서도 멀리 가지 못하는 공기인 척하다가 다시 비나 눈의 입자로 날아와 넘치도록 몸을 채우고 몸을 넓혔을 그리하여 여태 물이 가득한 통이다

통을 비울까 하여 들어보지만 가뿐히 들리지 않는 통이다 어색하게나마 달과 별을 담았던 통이라 다 비워버린다 해도 우물쭈물 통은 언제 그랬나 싶게 물을 담고 있을 것이다

당신이 아예 뒤집어놓지 않으면 슬픔의 질통이 마를까
봐 이 지경으로 담고 담는 거라면서 내 깊은 불출(不出)의
골병을 아는 체하려 들 것이다 일부러 모른 척해야 할 통
이다

미행

그때가 송이 딸 때였지 아마

아니지 그해 여름이 일러 송이를 일찍 딸 때였으니께
여느 때보단 일렀을 거여

섬 길 달리는 버스 뒤편에 앉은 쌍둥이 여인이 수년전
한 시점을 두고 말이 길다

그해가 우리 진숙이 년 국민핵교 들어가던 해였으니까

맞다 더워서 선상님이 학교엘 한 며칠 안 나왔으니께
그럼 딱 이맘때겠네

이 지리한 가뭄에 맞춰야 할 그 무엇이 그리도 장구한지

두 여인의 셈은 경사가 심한 잿길 위에서도 달망지다

두 여인네가 찾아헤매는 시간 즈음에 한참을 있다 가
고 싶어 내리는데 삼거리에서 따라 내리는 여인네 둘

두 여인의 뒤를 따라 다리를 지나고 뽕나무 길을 지나
한참을 걷는데 문득 힘이 빠지는 발목

한 여인은 작년에 남편을 여읜 상천이 어머니란다 오
늘이 제사란다

때를 합하느라 상처를 합하느라 무거워진 머리를 드니

하늘엔 다 다물지 못하고 벌어진 보름달인데

　제사상 물리고 음복을 한 뒤에 상천이를 무릎에 앉혀

취한 듯 물든 듯 인연으로

　첫날처럼 살고도 싶어지는 나는 초생의 마음이란다

섬광이다

하필이면 벚꽃놀이 인파로 길도 사람도 생니 앓듯 앓
는 날
　며칠 동안 발정을 참지 못하고 뒹구느라
　단 한 발자국도 걸음을 떼지 못한 고양이를 데리고
　불임수술 받으러 간 병원

생애 처음인 발정이 죄 되어 네 발이 따로 묶인 고양
이의
　희디흰 배에 꽂히는 칼날의 눈빛
　고양이의 배를 가르던 의사 말하길
　자궁 색의 진하기로 발정의 정도를 알 수 있다는데
　잘려져 핀셋에 들어올려진 자궁은
　자근자근 씹다 뱉어버린 포도껍질이다

추운 봄밤 여관 불빛 아래 멈춰서 똑똑 욕망을 따치우
던 사내들도
　퀭한 수천의 눈을 매단 벚나무에 몸을 부비던 나도

발정으로 오는 것을 빛으로 받았던가
발정으로 닥치는 것들을 완강히 파도로 받았던가

처음이되 마지막이었을 발정이 생의 한때를 뒤흔들었
겠으나
그것이 먹물처럼 차려진 어둠인지
저릿한 희망 같은 것인지 구분되기나 했을까
풀리지 않은 마취로 몸도 가누지 못하는 고양이의
그렁그렁한 눈을 찌르고야 마는
저 선득선득한 것들이
고양이에게 벚꽃이었을라나 섬광이었을라나

순정

비가 오고 마르는 동안 내 마음에 살이 붙다

마른 등뼈에 살이 붙다

잊어도 살 수 있을까 싶은 조밀한 그 자리에 꿈처럼 살
이 붙다

풍경을 벗기면 벗길수록 죄가 솟구치는 자리에 뭔지
모를 것이 끊어져 자리라고 할 수 없는 자리에

그 짐승 같은 시간들을 밀지 못해서 잡지 못해서

살이 붙어 흉이 많다

장미의 그늘

장미정원을 걸었다

내 시는 이 한 줄이 전부여야 하는데 무어라 더 쓸 말을
찾는다
그 한 줄의 시는 장미정원에 핀 한 송이 장미가 만들어
낸 그늘 때문이었으므로
지난겨울 만난 그늘 한 평 이야기를 꺼내려 한다
이를테면 이런 이야기

카리브해 어느 섬나라에 피아노 치는 한 노인*이 살
았다
팔순 노인은 이십여 년 동안 피아노를 치워뒀다는데
누군가 다시 음악을 해보자 했을 때
그냥 관절이 아프다며 그럴 수 없다 했다

그 노인이 둥당거렸던 건 감히 생각건대 인문주의의
흑이거나 백

오년 안에 그를 찾아가리라, 가서 그의 어두운 손을 내
심장에 얹고 울리라 맘을 먹었다
오년이면 충분할 것 같았다, 슬픔이 고이기엔

그러나 육년 만에 그를 찾아나선 길
비행기로 버스로 이틀 걸려 유까딴 동쪽 끝으로 달려가
다시 비행기를 타고 그가 산다는 섬나라에 도착해 바
싹 마른 소리로 그를 만나러 왔다고 했을 때
누군가 그가 큰 집에 살고 있다며 지도에서 짚어준 곳
은 묘지

그의 손을 심장에 찔러넣고 한달쯤 울고 싶어했던 한
사람은 커다란 그늘 한평인 그의 집에 도착해 기웃거렸
는데
기둥도 처마도 꽃밭도 없는 집은
기둥도 처마도 꽃밭도 있었다

마침내 도착하여 마주하였다

한세상을 펴두어도 되겠다 싶은 피아노를 치운 자리,
그늘 한평

그것이 전부인 이야기

장미정원을 걸은 것뿐인데

자꾸 떠밀 것이 있는 이유처럼 그 그늘 오래 나를 따라
다닌다

나 오늘 장미의 그늘을 밟았다는 건 내 훗날을 선뜻선
뜻 봐버렸다는 이야기는 아닌가

모든 훗날들 그늘로 와서 날 가만히 만지고 가려는 건
아닌가

* 루벤 곤살레스(Ruben Gonzales)는 영화 「부에나 비스타 소
  셜 클럽」에 등장하는 백발의 피아니스트로 1919년 꾸바의
  싼따 끌라라에서 태어났다. 그는 의대를 다니던 중 음악에
  심취하여 유명 악단들에서 활동했으며 2003년 12월 84세의
  일기로 사망했다.

인디언 써머

사내 있는 여자를 집에 들여 한 며칠 살았지 청소도 같이하고 음식도 나누며 번듯하게 사람 하는 짓을 하려고 했지 그 시간들을 인디아라 불렀지 인디아에 가고 싶었으므로 인디아는 영원의 다른 이름이었지

자정 무렵 여자와 나의 이야기는 여자의 사내 이야기가 대부분, 할 말이 있거나 없어도 여자는 계속 사내 이야기만 꺼내고 나는 꾸역꾸역 걸레질을 하며 들었지 슬퍼서 귀가 더 열렸지

멍이 커진다며 앓아누운 몸에게 비누와 샴푸를 사다 주고 양말도 머리맡에 놓아주며 나도 조금 아팠지

여자를 기다리던 사내가 건너편 집으로 이사를 왔어 그가 하는 일이라곤 우리 쪽을 넘겨다보는 일이 전부였지만 나는 아는 체하지 않았지

가능하다면 혹은 그것이 불가능할지라도

여자는 가지 않고 나는 여자를 보내지 않고 나는 오래
건너편을 살피고 사내는 건너편이자 인디아인 이쪽을 봤
으면 그것이 영원이었으면

간극은 안정적이어야 하므로 그 사이엔 인디아로 향하
는 철길을 놓아야 했지

끝없이 시차를 견디며 도망하게 될지라도 끝도 없이
영원에 대해 이야기하는 것만으로도 열정적으로 인디아
에 가닿는 일일 것이므로

아무도 모른다

현관문을 잠그는 버릇이 없는 나에게
누군가 들어와 넌 누구냐 한다
말릴 틈도 없이 집으로 저벅저벅 들어와
서성이는 할아버지가 누구인지
잠시 후 그를 찾아나선 가족들이 집을 점령하고 나서
야 알았다
치매인 그가 가끔 집을 못 찾는다는 사실을

그날이 아니고도 노인은 두 번 더 나의 집을 찾았다
들어와 돈을 숨겨야겠다며 집 안을 이리저리 살핀 날
도 있었다
그는 언제나처럼 넌 누구냐 하며 들어왔지만 차라리
반가웠다
그 질문을 여전히 혀에 물고 있었으므로

아침부터 텔레비전에선 무엇이든 물어보세요,라고
한다

무엇이건 물을 수 있다
쓸쓸하지만 네이버에 묻기도 한다

어제는 기계 공부를 많이 했다는 이에게 여러 개의 값
과 가져갈 값과 하나의 값이라는 말을 들었다
알 수 없는 말 여럿 가운데 '하나의 값'이라는 말에 끌
렸다

세상 모든 의문에 하나의 값이 가능할까 몰라
그 하나의 값을 갖지 못하는 일은 더 쉬울지도 몰라

이를테면 내가 당신의 누구인지 모르는 것과
내가 누구인지조차 모르는 것,
알게 되면 그것을 잃는 일이므로 껴안고 있으면서도
모르는 것

약속의 후예들

강도 풀리고 마음도 다 풀리면 나룻배에
나를 그대를 실어 먼 데까지 곤히 잠들며 가자고

배 닿는 곳에 산 하나 내려놓아
평평한 섬 만든 뒤에 실컷 울어나보자 했건만

태초에 그 약속을 잊지 않으려
만물의 등짝에 일일이 그림자를 매달아놓았건만

세상 모든 혈관 뒤에서 질질 끌리는 그대는
내 약속을 잊었단 말인가

제4부
서쪽

검은 물

칼갈이 부부가 나타났다
남자가 한번, 여자가 한번 칼 갈라고 외치는 소리는
두어 번쯤 간절히 기다렸던 소리
칼갈이 부부를 불러 애써 갈 일도 없는 칼 하나를 내미
는데
사내가 앞을 보지 못한다는 사실을 알게 된다

두 사람이 들어서기엔 좁은 욕실 바닥에 나란히 앉아
칼을 갈다 멈추는 남편 손께로 물을 끼얹어주며
행여 손이라도 베일세라 시선을 떼지 않는 여인

서걱서걱 칼 가는 소리가 커피를 끓인다
칼을 갈고 나오는 부부에게 망설이던 커피를 권하자
아내가 하는 소리
이 사람은 검은 물이라고 안 먹어요
그 소리에 커피를 물리고 꿀물을 내놓으니
이 사람 검은 색밖에 몰라 그런다며,

태어나 한번도 다른 색깔을 본 적 없어 지긋지긋해한
다며 남편 손에 꿀물을 쥐여준다

한번도 검다고 생각한 적 없는 그것은 검었다

그들이 돌아가고 사내의 어둠이 갈아놓은 칼에 눈을
맞추다가 눈을 베인다

집 안 가득 떠다니는 지옥들마저 베어낼 것만 같다

불을 켜지 않았다

칼갈이 부부가 집에 다녀갔다

당신이라는 제국

이 계절 몇사람이 온몸으로 헤어졌다고 하여 무덤을 차려야 하는 게 아니듯 한 사람이 한 사람을 찔렀다고 천막을 걷어치우고 끝내자는 것은 아닌데

봄날은 간다

만약 당신이 한 사람인 나를 잊는다 하여 불이 꺼질까 아슬아슬해할 것도, 피의 사발을 비우고 다 말라갈 일만 도 아니다 별이 몇 떨어지고 떨어진 별은 순식간에 삭고 그러는 것과 무관하지 못하고 봄날은 간다

상현은 하현에게 담을 넘자고 약속된 방향으로 가자 한다 말을 빼앗고 듣기를 빼앗고 소리를 빼앗으며 온몸 을 숙여 하필이면 기억으로 기억으로 봄날은 간다

당신이, 달빛의 여운이 걷히는 사이 흥이 나고 흥이 나 노래를 부르게 되고, 그러다 춤을 추고, 또 결국엔 울게

된다는 술을 마시게 되더라도, 간곡하게

　봄날은 간다

　이웃집 물 트는 소리가 누가 가는 소리만 같다 종일 그
슬픔으로 흙은 곱고 중력은 햇빛을 받겠지만 남쪽으로
서른세 걸음 봄날은 간다

한뼘 몸을 옮기며 나는 간절하였나

대문 앞에 내놓은 짐들 위로 가랑비 내리고
박박 긁어모은 돈을 잠시 가슴 안쪽에 품어봤던 날
식초를 쏟았다

언제였나
이 집에 몸을 들인 무슨 이유라도 있었나
생각하고 생각해봐야
하나의 몸으로 와 하나의 몸 이루고 가는 게 고작인데
어찌 더 쓸쓸하라는 것인지 비워야 할 집에 식초를 쏟
았다
겨울은 갔어도 여전히 겨울이었다

그 먼 길 간절히 나를 따라와
큰 짐승인 체하며 질컥이는 슬픈 냄새
목덜미 핏자국들을 치우는 고단한 냄새

이사할 집이 아닌

이 냄새의 방향을 따라가
문을 떼고
차가운 벽을 잇대면
환해지고 채워진 듯 이 한생을 내칠 만도 하겠는가

내가 묻힐 어느 겨울밤이 흘러들거나
그리하여 초 냄새로 나를 덮는 그믐밤이 흘러오면
모든 별이 몰려가 떨어져 죽은 그 벼랑에
새 별은 와줄 텐가

강변 여인숙

추운 밤 사이 강물도 얼었나보다

강 한가운데로 걸어들어가 얼음 속을 들여다보니 고래
한 마리 얼어 있다

그도 죽으려 했나보다

고래 속으로 들어가 몸을 서로 녹여도 좋겠다

천근의 아기를 받아 씻기며 집을 차려도 좋겠다

그러면 물고기들은 와서 부딪치며 한사코 집 안으로
들어와 참견하려 할 것이다

집 안쪽에다 불을 지피려 안간힘을 쓰는 내 모습을 보
고 허허 신(神)은 파도소리만큼 웃기도 할 것이다

문득 그 소리에 녹기 시작한 고래는 물을 흘리며 일삼
아 흐느껴 울기도 할 것이다

그러면 자꾸자꾸 그의 허리 속으로 걸어들어가 한 천
년쯤 아무 일도 없을 어두운 밤을 차려도 좋겠다

서쪽

집 밖에서
자신에게 편지나 우편물을 보낼 적에
일본에서는 이름자 뒤에 행(行)이라 쓴다
나 죽기 직전 나에게 편지 쓸 일이 있더라도
내 집 방향에선 등 하나 켜놓지 않을 테니
行이 마땅하다
받게 될 애먼 이 없으니 行이면 충분하다

이 책들을 부쳐야 하나
이 옷가지들을 빨아야 하나
먼 데 먼 길에서
버리고 돌아오는 것이 도리가 아닌 듯하여
주섬주섬 포장 들고 우체국에 들렀을 때
내 이름자 뒤에 무엇이 마땅할까 궁리하다
그 순간 멍하니 서름했던 적 몇번 있지 않았던가

왼발 오른발 걷는 모습 둘이 모여 行이라는데

반겨줄 이 없어도
팽팽히 나를 떠메고 가야만 하는 길이 行일진대

가닿는 일이 공치는 일이며 속아 바래지는 일일지라도
잔시름 자리에 行자 하나 붙인 채로
저무는 길을 가다 문득
저도 모르는 이야기를 지어내거나
서쪽 어디쯤에선가 행불(行不)이 되거나 하는 일
아름답기는 할런가

어두운 골목 붉은 등 하나

상가(喪家) 음식에서 착한 맛이 난다는 생각을 하는 데
오래
모르는 문상객들 틈에 앉아 눈 맞춰가며
그래도 먹어야 하는 일이 괜찮아진 지 오래

조금 싸다가 한 며칠 차려 먹으면 좋겠다 싶게
상가 음식은 이 세상 마지막 맛인 듯 맛나고
상가를 지키는 이들의 말소리는 생전에 가장 달고

배고프지 않았는데 이런 호사를 누려도 되는 건지 몰라
나무젓가락 포장지 접은 걸로
탁자 밑에 알지도 못하는 글씨를 쓰고 있노라면
국 한 그릇 더 떠오며
등짝에 손을 얹는 두툼한 고인의 손길
상주를 반짝 업어 왁자한 술청으로 내빼고만 싶은데
술 한잔 받으라며 어깨를 누르는 고인의 텁텁한 숨결

영정을 향해 환하게 웃어 보이며
착하게 온전히 살다 가느냐며 묻고 싶은데
번번이 망설이다 방을 나서는 길
복잡한 신발이나 가지런히 해놓고 싶어도
아무리 세어봐도 한 사람의 몫이 모자라고
나는 돌아갈 때
어둑한 문간에 붉은 등 대신
신발을 벗어두고 가야겠다고 생각하고 생각한 지 오래

희망의 수고

이십육년 동안 구멍가게의 주인이었던 어머니 아버
지는
가게를 정리하시며
따로 나가 사는 아들을 위해 따로 챙겨둔 물건을 건네
신다

검은 봉지 속에는
칫솔 네 개
행주 네 장
때수건 한 장
구운 김 한 봉지

치르려 해도 값을 치를 수 없는 검은 봉지를 들고
흔들흔들 밤길을 걸었다
문 닫힌 가게 때문에 더 어두워진 거리는
이 빠진 자리처럼 검었다
검은 봉지가 무릎께를 스칠 때마다 검은 물이 스몄다

그늘이건 볕이건 허름하게나마 구멍 속에서 비벼진 시
절이 가고
내 구멍가게의 주인공들에게서
마지막인 듯
터질 것처럼
구멍의 파편들이 가득 든 검은 봉지를 받았다

내 일요일의 장례식

나의 일일 것이므로 나는 그것이 얼마만큼의 비극인지
모른다

달과 함께 묻힐 거라면 달은 어쩌면 내가 낳은 아이일
수도 있지 않겠는가

어쩌면 내가 잠궈 내다버린 트렁크일 수도

하여 문득 나를 깨운 공기일지도 모르지 않겠는가

내가 병을 이기지 못하여 어두운 거리를 기웃거리다
만난 아픈 이마일 수도

엊저녁부터 늦은 밤 사이 나를 관통한 현실일 수도 있
어서

나는 누운 나를 애써 모른 체하고

내 온몸의 동굴 속을 빠져나가는 황량한 바람만을 생
각하면 그뿐

그리하여 일생의 사랑은 선전될 것이나

나에 의해 원활하게나마 수거되기도 할 것이다

칠일을 다 살았다면 더 캄캄해도 아무 상관없지 않겠
는가

한시절을 접고 장례식을 빠져나온 나는 관음증에 시달
리지 않겠는가

구멍 속을 빠져나와 바람의 기운들과 단단해져 거리를
떠돌다가도

일요일 다음에 오는 월요일은 미래가 아니지 않겠는가

미래가 아니라고 고개 저을 때마다

또 하나의 상자가 배달되지 않겠는가

그렇다면 또 끌어야 하지 않겠는가

동백 그늘

어질어질 떨어지는 저 꽃잎들은 미안해서도 떨어지고
힘이 없어서도 떨어질 터인데
지나가는 아이들 동백나무 그늘로 들어가 동백을 따네
어디 달아놓을 데가 있을라나
먹고 잊을라고 하는 것이 있을라나
도둑처럼 아이들 동백을 따네

아이들 양 손바닥 가득 열씩 스물씩 딴 꽃들을 담아
골목 끝으로 뛰어가는 길 위에
파르랑파르랑 동백꽃잎들 떨어지고
그 꽃들 밟지 않으려 나 가만가만 동백을 줍네

동백을 머리에 가슴에 얹고 물들기를 기다리는 동안
  껴안을수록 내 욕심이 아니던 지난 저녁을 생각하는
동안

동백꽃잎 타는 자리 더워지더니 차오르더니

이내 나도 팽창하여 사방에 살점들을 흩날리네
햇빛이 기우는 냄새가 이리 진할라나
손으로 탄식을 후려치는 힘이 이리 매울라나

차고 허전한 마음을 살점이 덮네
동백나무 아래 나를 붉게 차려놓는 동안

별의 각질

애초 내가 맡은 일은 벽에 그려진 그림의 원본을 추적하여 도화지에 옮겨 그리는 일이었다 부러진 이 가지 끝에 잎이 달렸을까 이 기와 끝에 매달린 것이 하늘이었을까 하루 이틀 상상하는 일을 마치고 처음 한 일은 붓으로 벽을 터는 일이었다 벽에다 말을 걸듯 천천히

도저히 겹치지 않는 다른 그림이 나왔다 누군가 흰 칠을 해 그림을 지우고 다시 그린 것이 아닌가 하여 벽 한 귀퉁이를 분할한 다음 붓으로 다시 열흘을 털었다

연못이 그려져 흐르고 있었다 다시 다른 구석을 닷새를 터니 악기를 든 사람들이 소리를 지르고 있었다 성문을 지키는 성지기가, 죽은 물고기가 올려진 천칭의 한쪽 모습도 보였다

흰 칠을 하고 바람이 지나면 그림을 그리고 지워지면 다시 흰 칠을 하여 그림을 올리고

다시 흰 칠을 하고 그림을 그려 흰 칠과 그림이 누대를 교차하는 동안 강이 불어나고 피가 튀고 폭설이 내려 수천의 별들이 번지고 내밀한 것처럼 밀리고 씻기고 쓸려 말라갔던 벽

벽을 찔러 조심스레 들어내어 박물관으로 옮기면서 육백여 년 동안 그려진 그림이 수십겹이라는 사실에 미어지는 걸 받치느라 나는 가매지고 무거워진다 책 냄새를 맡는다 살 냄새였던가

돼지

종이를 모아 파는 집
산더미처럼 쌓인 종잇더미 위에 고무 호스로 물을 뿌린다
무거워야 돈을 더 쳐 받을 수 있을 것이다

그 집 주인은 종이에 물 먹이는 것도 모자라
종이 위에 아는 체하는 것들을 올리고, 있는 짐들마저
어질러 파느라
세상에 자꾸 미안하다

마감날짜를 훨씬 넘기고
얼마를 쓰지 않아도 되는데 기어이 얼마를 쓰고 마는
자꾸 한쪽 다리까지 저울 위에 올려놓고 마는 나는
이제 무거워져 끌리는 몸마저 종이 위에 올리려 든다

시간들은 급해서 얼마나 옹졸한가
왼 피와 오른 피가 섞이는 무늬를 먹으로 바라보다

왼 날개와 오른 날개가
서로를 뜯어말리는 아우성을 붓으로 생각해도
종이 위의 시간들은 급해서 또 얼마나 배고픈가

나는 이미 오래전부터 조용하지 않은 돼지였으므로
절대 이 의식들을
가득하게 살아가는 방식이라 생각하지 않는다

시장 거리

그는 눈을 가늘게 살살 뜨고 여기 시장 거리에 사는 일
년 동안은 슬픈 일도 기쁜 일도 정말 많았어요, 하고 누
긋하게 말하지만 내겐 그런 곳이 없다는 것

괜히 그 말에 눈가에 핑그르르 핏물이 돌았으나 나를
휘감은 건 그 도저한 감정 둘이 한자리에 고이는 일이 없
었다는 사실

나도 사년을 시장 거리에 몸 기대고 산 적 있으나 기쁘
지 않았으며 단지 조금 휘청였을 뿐

순댓국 한 그릇씩을 비우는 동안 아무 말도 못하고, 각
자 잊었는지 소주병은 따지도 않은 채 물리고 떡집 지나
닭집 지나 반찬가게를 지나 시장 거리를 빠져나오는 길

트럭에서 막 부려져 번거로이 아우성을 떠는 가물치떼
미꾸라지떼

그래도 더 번거로운 일은 박하게도 흐벅지게도 살아야
하는 일, 쓸쓸한 일

대림동

구멍가게는 사라지고 없었다

골목길을 들어서는데 좁은 골목 한가운데 억지스런 낮
달이 서성이고

집집마다 빨래 마르는 냄새가 하늘하늘

담벼락에 위태로이 올려둔 양동이에 고구마 순이 자라
고 있었다

사오년 전 내가 살던 곳

눈 속 낭만을 뚫고 달리는 전철을 올려다봤는데

그때 옆에 있던 누구에게 낮게 무어라 속삭였던 것도
같아 그때를 보려고 불을 켰는데

햇빛은 찬란하고 나를 둘 데가 없다

시를 생각하느라 여기까지 왔다

■

해설

이렇게 헤어짐을 짓는다
신형철

1. 이별의 유전자

기어이 사랑하며 살아보겠다 하는 마음과 이냥 헤어지
고 죽어버리자 하는 마음이 번갈아 밀려왔다 밀려가며
파도를 만드는 것이다. 그 두 마음 중 어느 하나에 의지
해 살 수도 있겠으나, 그 두 마음의 오고 감을 남 일처럼
들여다보며 살 수도 있는 것이다. 앞의 일보다는 뒤의 일
이 더 아픈 일이다. 이병률의 일들이 그렇다. 이 사내의
내해(內海)를 드나드는 파도는 어찌 그리 심해파(深海波)
이기만 한 것이며, 그것을 바라보는 사내의 눈길은 어찌
이리 먹먹한 먹빛인 것인가. 그럴 수도 있는가, 그렇게도

살아지긴 하는가, 내내 물어가며 그의 시를 읽었다. 그
맨 처음이 이러하였다.

> 지구와 달의 자리가 가까워 달이 커 보였던 때
> 일년은 오백일이었고 하루는 열여섯 시간이었을 때
> 당신은 나를 데리러 왔다
> 신(神)과의 약속을 발설할 것 같지 않던 당신은
> 지금 그 시절은 아무도 살지 않는다고
> 백스물 아흔 여든두 살 쭈글쭈글한 얼굴로 돌아가자
> 말했다
> 허나 내가 지켜야 할 약속은
> 검고 고요한 저 소실점을 향해 가는 일
>
> 달과 지구의 자리가 멀어져 달이 작아 보일 때까지
> 일년은 삼백육십오일이고 하루는 스물네 시간일 때
> 까지
>
> ―「봉인된 지도」 부분

슬픔에도 스케일이 있다면 이것은 대규모다. 얼마나
속수무책이기에 "일년은 팔백일이었고 하루는 열한 시
간이었을 때"(같은 시 앞부분)로 거슬러올라가 시작하는

가. 지구는 달에서 조금씩 멀어지고 있어서 하루는 100만년에 15초씩 길어지고 있다 한다. 그러니 사내는 지금 30억년 전의 이야기, 첫 생명이 이 세상에 나던 때를 말하고 있는 것이다. 그때부터 '나'는 "내가 지켜야 할 약속"을 지켜왔다. 1년이 365일이고 하루가 24시간이 될 때까지, 그러니까 30억년을, "검고 고요한 저 소실점"을 향해, 그러니까 죽음을 향해 가는 일이 그의 일이었다. 19억년 전에 당신이 나를 설득한 적도 있었지만 끝내 마다했다. 마치 그것이 뭇 생명의 대책없는 마음이라는 듯, 그것이 우리 몸속에 '봉인된 지도'라는 듯, 우리에게는 이별의 유전자가 매복해 있다는 듯 말이다. 영원처럼 장구한 이별이고 한없이 느린 죽음이다. 이것은 압도적인 서시(序詩)다. 덕분에 앞으로 이 시집을 끌고 갈 마음의 정체를 알겠다. 그 마음은 '검고 고요한' 자멸에 들린 마음이다. 내내 이별 쪽으로만 길을 잡아 30억년을 살아온 지독한 마음이다.

2. 독, 핏속의 독

기어이 사랑하며 살아보겠다 하는 마음을 일러 에로스

라 했고, 이냥 헤어지고 죽어버리자 하는 마음을 일러 타나토스라 했다. 그 두 마음의 왕래가 이를테면 밀려오고 밀려가는 파도와 같고, 묶였다가 풀리는 매듭과 같다고 했다. 그것이 생의 리듬이라는 것이다. 그 리듬이 끝내 온전하기만 하다면야 살아 있는 것들 모두 가까스로 제 생을 도모할 수 있겠다. 그러나 "생명의 수호자들도 원래는 죽음의 충실한 앞잡이"(프로이트)라 하질 않았던가. 에로스는 타나토스의 슬하에 있을 뿐이다. 밀려오는 파도 말고 밀려나가는 파도가 힘이 세고 매듭 묶이는 일보다 매듭 풀리는 일이 더 유혹이라서, 모든 살아 있는 것들은 때로 휘청거리곤 하는 것이다. 그만 저를 놓아버리고 싶을 때, 그러다 그대와 함께 무너지고 싶을 때가 있는 것이다. 그와 같은 마음의 실력행사를 사내는 '혈관 속을 흐르는 독'의 이미지로 사로잡는다. "좌심방과 우심실 사이, 독(毒) 만드는 공장"(「독 만드는 공장의 공원들은」)이 있다. 그 독은 "슬퍼지는 데 쓰이기" 위해 피돌기하며 흐르다, 문득 당신의 몸속으로 이리 하릴없이 건너가기도 하는 것이다.

피의 일

당신을 중심으로 돌았던
그 사랑의 경로들이
백년을 죽을 것처럼 살고 다시 백년을 쉬었다가
문득 부닥친 한 목숨에게
뼈가 아프도록 검고 차가운 피를 채워넣는 일
　　　　　　　　　　　　　　　　　—「피의 일」 부분

　독을 품고 있는 자의 만남이란 대개 이러하다. 혹독하
고 길었던 사랑 때문에 순식간에 백년을 살고 다시 백년
을 보낸 사내가 문득 한 목숨과 부닥친다. 독을 품고 있
어 "검고 차가운 피"를 다른 목숨에게 부어준다. 그런데
이것이 만남인지 무너짐인지를 모르겠다. 사랑하며 살겠
다는 것인지 함께 죽겠다는 것인지를 모르겠다. 이것이
자학인지 가학인지 알지 못하겠다. 그것이 '피의 일'이라
는 것만 알겠다. 피의 일은 이렇게 종잡을 수 없는 역설
이고, 여러 시들의 배후에 이 피가 흐르고 있다.
　이를테면 "군을 만하면 받치고 군을 만하면 받치는 등
뒤의 일"이 사랑이라는 일인데, 그 '사랑의 역사'를 노역
(勞役)처럼 겪어내면서 사랑의 일이란 도대체가 뜻대로
되지 않는 '등뒤의 일'이라는 것을 깨닫고서도, 목덜미에
서는 처음인 듯 다시 "여름 냄새"(「사랑의 역사」)가 생겨나

사랑의 방향으로 풀려나가는 것이다. 이 사태는 '피의 일'이다. 또 이를테면, 심야의 술집에서 홀로 술 마시는 일은 위험한 일인데, 옆 테이블의 누군가가 "절벽 갈래 바다 갈래"(「절벽 갈래 바다 갈래」) 하면, 그게 술집이름이 라는 것을 안다 해도, 문득 절벽이나 바다에서 허공으로 몸 던져보고 싶은 심사가 되어버리고 마는 것이다. 이 사 태도 '피의 일'이다. 이 '검고 차가운 피'가 '검고 고요한 소실점'으로 사내를 이끌었던 것이다. 사내의 내해에서 울렁이는 파도는 이렇게 검은빛이다.

3. 작별의 윤리

그래서 이 '검은' 사내는 '헤어지다'의 주어다. 한사코 제 이름을 '이리(李離)'라고 하겠다질 않는가(「관계의 사 전」). 그러나 헤어짐을 당하는 일과 헤어짐을 만드는 일 이 또한 사뭇 다른 것이다. 제 힘으로 어찌할 수 없는 헤 어짐을 이별(離別)이라 하고, 제 힘으로 힘껏 갈라서는 헤 어짐을 작별(作別)이라 한다. 이별은 '겪는' 것이고 작별 은 '하는' 것이다. 전자는 감상과 통속에 더러 곁을 내주 곤 하지만 후자는 그렇지 않다. 작별은 인정이고, 선택이

고, 결단이기 때문이다. 헤어짐을 '짓는' 일이다. 작별의
안간힘과 준엄함을 노래할 때 그의 시는 가장 아름다워
진다. 그는 헤어짐을 지으면서 시를 짓는다.

사내는 두 가지 방식으로 작별한다. 엇갈림을 묵인할
때가 있고 만남을 밀어낼 때가 있다(여기서 '묵인'은 「묵인
의 방향」에서, '밀어냄'은 「무늬들」「아무것도 그 무엇으로도」
「점심(點心)」에서 가져온다). 예컨대 이렇게 묵인한다. 누군
가가 나 없는 동안 내 집에 다녀갔다. 나비처럼 내 집에
서 겨울을 난 그이는 누구인가. 그가 누구이건, "누군가
빈집에서 머리를 풀어 초를 켜고 문고리에 얼굴을 기댔
다"(「나비의 겨울」)라고 아름답게 쓰면서 사내는 묵인하는
것이다. 이런 일도 있었다. 깊은 밤 산사(山寺)에서 옆방
수행자가 문득 산을 떠났다. "한번 등을 보이면 다시는
돌이키지 못할 만경창파의 연(緣)이 있음"(「한 사람의 나무
그림자」)을 그가 알았기 때문이다. 사내는 그의 빈방에 들
어가 눕는다. 그로써 그의 출분을 묵인하는 것이다.

혹은 이렇게 밀어낸다. "정말 미안하지만 이야기 좀 할
수 있을까요"라 청해오는 옆방 남자에게 사내는 끝내 건
너가지 않는다. 그의 이야기를 듣다가 행여 내 마음의 자
욱함마저 들켜버리면 "바깥에서 뒹굴고 있을 나뭇잎들
조차 구실이 없어질지도"(「이야기를 할 수 있을까요」) 모르

기 때문이다. 또 이런 식이다. 겨우내 얼었다 녹았다 하던 마당의 통을 사내는 모른 척한다. 혹여 그 속을 들여다보면 그 통이 사내의 "깊은 불출(不出)의 골병을 아는 체하려 들 것"(「통」)이기 때문이다. 더는 아프지 않기 위해서, 아프게 아픔을 밀어내는 것이다. 이 묵인과 밀어냄의 내막을 다음 문장들에서 엿본다.

가능하다면 혹은 그것이 불가능할지라도
여자는 가지 않고 나는 여자를 보내지 않고 나는 오래 건너편을 살피고 사내는 건너편이자 인디아인 이쪽을 봤으면 그것이 영원이었으면
— 「인디언 써머」 부분

이를테면 내가 당신의 누구인지 모르는 것과
내가 누구인지조차 모르는 것,
알게 되면 그것을 잃는 일이므로 껴안고 있으면서도 모르는 것
— 「아무도 모른다」 부분

앞의 시에서 사내는 남자 있는 여자를 집에 들였다. 남자 때문에 멍들어 내 쪽으로 날아온 그녀를 보살피기로

한다. 그녀를 찾아 남자는 오고, 사내의 집 건너편에서 이쪽을 응시한다. 이 대치를 사내는 수습하려 들지 않고 더 나아가지 않는다. 외려 그 상황이 '영원'이기를 바란다. 이 엇갈림이 그에게는 차라리 견딜 만한 '살림'이었던 것이다. 뒤의 시에서 사내는 치매 노인의 방문을 받는다. "넌 누구냐" 하고 물으며 내 집을 드나드는 노인네가 사내는 차라리 반갑다. 더는 묻지 않고 굳이 대답하지 않는다. 당신에게 나는 누구이고, 나는 또 나에게 누구인 것인지. 만나서 알게 되는 일은 자칫 '잃는 일'일 수 있어서 이렇게 껴안고만 있는 것이다. 따뜻한 묵인이고 아름다운 밀어냄이다. 그의 시에서 시적인 것들은 이런 순간에 고인다.

이 묵인과 밀어냄이 다 사내의 작별이다. 이 작별들 뒤에 어떤 두려운 참혹이 있지 않았다면 그의 시는 얇아졌을 것이다. 타인의 눈부심 앞에서 제 안의 살얼음이 깨어질까, 혹은 타인의 참혹 앞에서 제 자신의 참혹도 얼결에 들고 일어날까, 사내는 두려웠던 것이다. "내가 나에게 뭐라 말을 거느라"(「물의 말」) 사내가 제 안쪽을 들여다본 때는 그런 때였을 것이다. "잘못했으니 다 내 잘못이었으니, 산 늪에 몸을 들여 서러워지고 늪이 다 마르고 몸 갈라져도, 구더기 복받쳐나오는 내 심장을 벌려 얼굴을 묻은 채로 안 볼 터이니"(「탄식에게」)라고 서럽게 울 때, 그는 저 자신을 단속하느라 필사적이다. 그동안 숱한 사내들의 필사적인 참혹을 읽었으나, 제 심장을 벌려 얼굴을 묻겠다 말하는 이는 본 적이 없다. 그의 작별이 그래서 필사적인 것임을 알겠다. 나는 내 안의 독을 다스리려 하니 너는 내게서 떨어져 부디 다치지 말거라. 이를 작별의 윤리라 부를 것이다.

4. 바람처럼 여행처럼

그러니 이와 같은 생(生)의 이미지는 '바람'일 수밖에 없는 것이다. 이와 같은 생의 형식은 '여행'일 수밖에 없는 것이다. 바람은 머물러 있지 않아서 바람이다. 바람에게 미지(未知)와의 만남은 곧 기지(旣知)와의 헤어짐이라서 만남과 헤어짐이 모두 한 찰나다. 긴 시간 동안 만남과 헤어짐을 거듭하는 한 목숨의 일생도 우주의 시계로는 고작 바람 불어와서 불어가는 그 한순간이겠다. 그러니 삶이 바람이 아니라고 말할 수 있는가. 여행 역시 바람의 생리를 닮아 있다. 그것은 너를 만날 때부터 이미 헤어질 것을 염두에 두는 삶의 행사라서 잘 만나는 일보다

135

잘 헤어지는 일이 그토록 중요한 것이다. 그러니 삶이 어찌 여행이 아니라고 말할 수 있는가. 이 사내는 바람이 작별의 대가(大家)임을, 여행이 작별의 기예(技藝)임을 안다.

되돌아보면 그 바람을 받아먹고
내 나무에 가지에 피를 돌게 하여
무심히 당신 앞을 수천년을 흘렀던 것이다
그 바람이 아직 아직 찬란히 끝나지 않은 것이다
　　　　　　　　　　　　　　　—「바람의 사생활」 부분

혼자 죽을 수는 없어도 같이 죽을 수는 있겠노라고
낯선 눈빛이 낯선 다른 눈빛에게 말을 건다
(…)

난 다시 태어날 거예요
아니, 난 다시 태어나지 않으렵니다
더이상 말도 눈빛도 교환해서는 안되는 두 사람은
오로지 죽자고 한 손을 묶고 있을 뿐
뒤를 당부할 일 없으므로 이름도 모른다
　　　　　　　　　　　　　　　—「황금포도 여인숙」 부분

사내는 저 자신 바람의 혈육이라 믿고 있는 것이다. '사내'라는 '서럽고도 차가운' 이름으로 불리는 이 세상 모든 사내들이 죄다 바람의 핏줄이라 믿는 것이다. 사내라는 말이 처음 생겨난 그날 이후로 '수천년을' 바람의 생리로 살아왔던 것이다. 바람과 바람이 엇갈리는 일, 그것이 사내의 여행이다. 그러니 "낯선 눈빛이 낯선 다른 눈빛에게" 말을 걸어 행여 만남을 만든다 해도, 그것은 함께 살기 위해서가 아니라 함께 죽기 위해서여야 한다. 만남이려면, 화장터의 가마 속으로 함께 들어가는 두 시신의 만남쯤은 되어야 하는 것이다.

그래서 바람 사내의 여행기는 시종일관 작별의 논리를 따른다. 예컨대 그가 '동유럽 종단열차'에서 베트남 사내를 만난다고 하자. 여느 여행기라면 이 만남의 행사에서 모종의 시를 도모하려 들 것이다. 그러나 사내는 다만 엇갈림을 내버려둘 뿐이다. "혼자인 것에 기대어 가고 있기에"(「동유럽 종단열차」) 그렇다. 혹은 그가 섬 길 달리는 버스에서 쌍둥이 여인을 만난다고 하자. 그는 그네들의 셈을 듣고만 있을 뿐, 그 말길에 끼여들지 않는다. 다만 "두 여인네가 찾아헤매는 시간 즈음에 한참을 있다 가고 싶어"(「미행」) 삼거리에 내려보고는 하는 것이다. 루벤 곤살레스를 찾아 꾸바로 떠나는 여행도 그러하다. "그의 손을 심장에 찔러넣고 한달쯤 울고 싶어"(「장미의 그늘」)
갔지만, 고인(故人)은 한평의 그늘로 남아 그를 어루만질
뿐인 것이다. 이 잦은 헤어짐의 풍경들에서 시적인 것들
이 고인다. 바람이 쓰는 시다.

5. 헤어지는 말들의 음악

사내의 시에는 언젠가는 당신을 떠나게 되리라는 예감
이 있고, 그 예감을 스스로 불편해하는 불안이 있고, 그
불안이 당신에게 이해될 수 있는 것이기를 바라는 절박
이 있고, 그 절박을 용서할 수 없어서 상처받는 당신을
위해 우는 갸륵함이 있다. 그래서 그의 시는 얄밉고 위험
하며 약하고 슬픈 남자의 시다. 그러나 이 모든 생의 오
작동을 수락하는 이의 현명한 평정이 있어서 그의 톤은
흐트러지는 법이 없다. 아니, 거의 음악에 육박한다고 해
야 옳다. 그 음악은 제가 실어나르는 예감과 불안과 절박
과 갸륵함마저도 감미롭게 만들 만큼 매력적이지만, 그
매력은 얄팍한 인위(人爲)의 소관이 아니다. 아이를 달래
는 어미의 노래처럼, 고장나 부대끼는 한생이 "자신을 타
이르는"(「여전히 남아 있는 야생의 습관」) 음악인 것을 알겠

기 때문이다.

　이 계절 몇사람이 온몸으로 헤어졌다고 하여 무덤을
차려야 하는 게 아니듯 한 사람이 한 사람을 찔렀다고
천막을 걷어치우고 끝내자는 것은 아닌데

　봄날은 간다

　만약 당신이 한 사람인 나를 잊는다 하여 불이 꺼질
까 아슬아슬해할 것도, 피의 사발을 비우고 다 말라갈
일만도 아니다 별이 몇 떨어지고 떨어진 별은 순식간
에 삭고 그러는 것과 무관하지 못하고 봄날은 간다

　　　　　　　　　　　　　—「당신이라는 제국」 부분

　이 아름다운 시집에서 단 한편의 노래만이 허락된다면
이것이어야겠다. 헤어짐이란 마음들이 서로를 아득히 밀
어내는 일이지만, 말들도 그렇게 서로를 밀어내며 헤어
질 수 있는 것이다. 사태를 정확하게 포착할 수 있을 법
한 손쉬운 말들을 이 사내는 밀어낸다. 우회하고 또 우회
하여 "천년을 넘긴 일"(「잠시」)처럼 되었을 때, 그제야 그
문장들을 수습하여 엮는다.

인용한 시의 첫 연에서 'A가 아니듯 B는 아닌데'는 한 줄의 여백을 껴안은 다음 "봄날은 간다"와 만난다. A와 B는 서로 헐겁고, 이제는 거의 슬픈 주문(呪文)처럼 들리는 '봄날은 간다'라는 말도 저 A, B와 각각 헐겁다. 누군가 온몸으로 헤어진 일, 누군가가 누군가를 찌르는 일, 그리고 봄날이 가는 일들을 말하는 문장들이 어쩐지 삼거리에서 한번 스쳤다가 각자의 길을 찾아 헤어지는 나그네들 같다. 시적인 것은 이 순간에 고인다. 세번째 연에서는 "그러는 것과 무관하지 못하고"가 첫 연의 여백을 대신한다. 당신이 나를 잊는 일, 불이 꺼지는 일, 피가 마르는 일, 별이 삭는 일들이 서로 만날 듯 헤어진다. 그 찰나에 봄날은 가는 것이다.

이 모든 것들이 '당신이라는 제국' 안에서 일어나는 내 마음의 사소한 소요라고 사내는 거짓말처럼 노래한다. 헤어지는 일의 사소하지 않음을 말하기 위해 말들은 저렇게 모였다 헤어지면서 음악을 만드는 것이다. 헤어짐을 일삼는 사내의 성정이 저런 문장들을 낳았을 것이다. 이 사내의 시가 갖고 있는 특별한 아름다움의 비밀이 여기에 있다고 믿는다. 이 시집 곳곳에서 그 음악들이 흘러나온다. "달에게 보내는 별들의 종소리"(「달에게 보내는 별들의 종소리」)처럼 아련하고 저리다.

이 사내는 헤어짐의 풍경, 공기, 기미를 세상에서 가장 아름답게 노래하는 바람이다. 다시 말하겠다. "아름다움에 패한"(「무늬들」) 얼굴로 말하겠다. 그는 '헤어짐을 짓는' 사내다. 이를 일러 작별(作別)이라고 하고 혹은 작시(作詩)라고도 한다. 지구가 달과 더 멀어져 하루가 수십 시간이 되는 날까지 이 노래들 내내 아름다울 것이다. 이렇게 헤어짐을 짓는다. 이렇게 헤어짐을 짓는 것이다.

申亨澈 | 문학평론가

■

시인의 말

스친 자리가 그립다. 두고 온 자리가 그립다. 거대한 시간을 견디는 자가 할 일은 그리움이 전부. 저 건너가 그립다.

아침 저녁으로 한강 하류를 지나면서 다리 놓는 모습을 본다. 수록된 시 「저녁 풍경 너머 풍경」의 밑그림이 되기도 한, 한강 하류에서 다리 공사를 하는 모습은 매일매일 기다려지는 풍경이 되었다. 덕분에 내 마음의 터진 둑이 나아졌다. 다리의 기둥들이 놓이면서 그럴 수 없을 것 같던 풍경과 풍경들도 만나게 되었다.

저 다리를 넘어 김포로 갈 수도 있으며 저 다리를 넘어 일산으로 돌아올 수 있을 거라 생각하며 새 지도를 만드니 꽉 막힌 내 자리가 괜찮아진다.

다리를 놓아 서로 그리워하는 것들의 맥을 잇는 일이

시 쓰는 일과 다르지 않다는 걸 안다. 건널 수 없는 대상을 이제 건널 수 없다고 생각하지 않아도 되니 그것만으로도 가뿐하며 고맙다. 어차피 날 수는 없는 일.

두번째 시집이다. 첫시집과 두번째 시집 사이, 그래도 따뜻한 시절을 지났다. 설명할 수 없는 날들을 보냈다. 그 시간 동안 몇사람에게 마음을 돌렸고 몇사람하곤 가까워졌다. 원하는 그림의 틀이 뒤틀리기도 했다.

하지만 더 많은 시간만큼이나 사람을 얻으려 하지 말며 사람을 이기려고도 하지 말아야 한다는 것을 기억해야 한다. 나는 그 시간들을 감히 세월이라 부르겠다.

2006년 11월

이병률

창비시선 270

바람의 사생활

초판 1쇄 발행 / 2006년 11월 20일
초판 26쇄 발행 / 2024년 8월 12일

지은이 / 이병률
펴낸이 / 염종선
책임편집 / 박신규
펴낸곳 / (주)창비
등록 / 1986년 8월 5일 제85호
주소 / 10881 경기도 파주시 회동길 184
전화 / 031-955-3333
팩시밀리 / 영업 031-955-3399 편집 031-955-3400
홈페이지 / www.changbi.com
전자우편 / lit@changbi.com

* 이 책은 한국문화예술위원회의 2006년도 '문예진흥기금'을 받았습니다.